國學小

讀唐詩

風車圖書
WINDMILL

- 讀ㄉㄨˊ聖ㄕㄥˋ賢ㄒㄧㄢˊ書ㄕㄨ
- 立ㄌㄧˋ君ㄐㄩㄣ子ㄗˇ品ㄆㄧㄣˇ
- 做ㄗㄨㄛˋ有ㄧㄡˇ德ㄉㄜˊ人ㄖㄣˊ

目錄

① 詠鵝 2
② 夜宿山寺 4
③ 登鸛雀樓 6
④ 春曉 8
⑤ 靜夜思 10
⑥ 尋隱者不遇 12
⑦ 憫農（其二） 14
⑧ 田上 16
⑨ 鳥鳴澗 18
⑩ 秋浦歌 20
⑪ 登幽州台歌 22
⑫ 竹里館 24
⑬ 獨坐敬亭山 26
⑭ 江雪 28
⑮ 宿建德江 30
⑯ 楓橋夜泊 32
⑰ 江村夜泊 34
⑱ 鹿柴 36
⑲ 絕句 38
⑳ 詠柳 40
㉑ 清明 42
㉒ 絕句 44
㉓ 逢雪宿芙蓉山
　　主人 46
㉔ 江畔獨步尋花 48
㉕ 大林寺桃花 50
㉖ 春夜喜雨 52
㉗ 風 54
㉘ 早發白帝城 56
㉙ 山行 58
㉚ 望天門山 60

目錄

㉛ 望廬山瀑布 62
㉜ 賦得古原草送別 .64
㉝ 黃鶴樓送孟浩然
　　之廣陵 66
㉞ 送元二使安西 68
㉟ 芙蓉樓送辛漸 70
㊱ 贈汪倫 72
㊲ 塞下曲 74
㊳ 馬詩 76
㊴ 秋思 78
㊵ 九月九日憶山東
　　兄弟 80
㊶ 雜詩（其二）........82
㊷ 回鄉偶書 84
㊸ 渡漢江 86
㊹ 遊子吟 88
㊺ 池上 90
㊻ 小兒垂釣 92
㊼ 五歲詠花 94
㊽ 勸學 96

寫給家長的話

　　隨著人們對學齡前教育的重視，專家認為有必要為幼兒編選一套國學啟蒙讀物。展現在您面前的這套「國學小書坊」，就是我們基於這一考慮而新推出的一套小書。

　　這套書共包括《三字經》、《弟子規》、《讀唐詩》、《學成語》、《千字文》、《讀論語》六種啟蒙讀物，都是廣大家長朋友所喜聞樂見的經典作品，對孩子的心智成長和性格形成具有非常正面的意義，歷來為傳統家庭教育所重視。我們在組織編寫過程中，著力保證了圖書內容的準確性，並盡可能提供了注音、注釋和譯文，以方便您輔導孩子學習。考慮到小讀者的閱讀習慣，我們為書籍配製了精美彩圖，以增加閱讀趣味。

詠鵝

駱賓王

鵝，鵝，鵝，
曲項向天歌。
白毛浮綠水，
紅掌撥清波。

注釋

曲：彎曲。
項：頸的後部。
撥清波：划水。

詩 意

鵝呀鵝，彎著脖子向天歡叫。潔白的羽毛漂浮在碧綠的水面上，紅紅的腳掌撥動著清清的水波。

《讀唐詩》

夜宿山寺
李白

危樓高百尺，
手可摘星辰。
不敢高聲語，
恐驚天上人。

注釋

危樓：指建築在山頂上的寺廟。危，高。
星辰：星星的總稱。辰，星星。
語：說話。

詩意

　　山頂上的寺廟有一百尺那麼高，仿佛站在樓上就可以用手摘到天上的星星。我都不敢在這兒大聲說話，唯恐驚動了天上的仙人。

《讀唐詩》

登鸛雀樓
王之渙

白日依山盡，
黃河入海流。
欲窮千里目，
更上一層樓。

注釋

鸛雀樓：又名「鸛鵲樓」，舊址在今山西省永濟縣。
盡：落下、隱沒。
窮：窮盡。
更：再。

詩意

夕陽依偎著遠山緩緩隱沒,波濤滾滾的黃河奔流東入大海。要想看到無窮無盡的美麗景色,就要不斷向上攀登更高的一層樓。

《讀唐詩》

春曉

孟浩然

春眠不覺曉，
處處聞啼鳥。
夜來風雨聲，
花落知多少。

注釋

曉：早晨、天亮。
聞：聽到。
啼鳥：鳥鳴。

詩意

　　春天的夜晚，睡眠格外香甜，不知不覺天已經亮了，窗外傳來悅耳的鳥鳴聲。依稀記起昨夜裡淅淅瀝瀝的風雨聲，不知會有多少花朵在風雨中凋落。

靜夜思

李白

床前明月光，

疑是地上霜。

舉頭望明月，

低頭思故鄉。

注釋

疑是：好像是。
舉頭：抬頭。

詩 意

　　皎潔的月光灑落在床前，乍看好像是落在地上的秋霜。抬起頭遙望皎潔的明月，低下頭，不由得思念起遙遠的故鄉。

《讀唐詩》

尋隱者不遇
賈島

松下問童子，
言師採藥去。
只在此山中，
雲深不知處。

注釋

尋：尋訪。
隱者：古時隱居在山林中的人。
童子：這裡特指隱者的弟子。
處：地方。

詩 意

　　我來到山中，在松樹下問那位隱者的弟子：「你的師父去哪兒了？」他回答：「師父採藥去了。他就在這座山中，可是你看雲霧彌漫，無法知道他老人家究竟在什麼地方。」

憫農（其二）

李紳

鋤禾日當午，

汗滴禾下土。

誰知盤中飧，

粒粒皆辛苦。

注釋

憫：可憐、同情。
鋤禾：用鋤頭在禾苗周圍鬆土除草。
飧：煮熟的飯食。

《讀唐詩》

詩意

　　正當中午時分，烈日炎炎，農夫拿著鋤頭在為禾苗鬆土除草，汗水一滴一滴的落在地裡。但是人們在吃飯時有誰會想到，那盤碗裡的飯食，每一粒都是辛辛苦苦得來的呢？

《讀唐詩》

田上

崔道融

雨足高田白，
披蓑半夜耕。
人牛力俱盡，
東方殊未明。

注釋

高田：地勢高的田地。
俱：都。
殊：還。

詩 意

因為雨水充足，就是地勢高的田地，也因吸足了水分而顯得白茫茫一片。村民們半夜裡就起來披著蓑衣驅牛耕地。人和牛都已經累得筋疲力盡了，東方的天空卻還沒有亮。

鳥鳴澗

王維

人閑桂花落，
夜靜春山空。
月出驚山鳥，
時鳴春澗中。

注釋

閑：悠閒、寂靜。
桂花：也叫木樨，花小，呈白色或暗黃色，有特殊的香氣。
空：空寂。　　驚：驚動、驚擾。　　時鳴：不時的鳴叫。

《讀唐詩》

詩意

　　過了農忙，人們都閒下來了，桂花在不知不覺中凋落。在寂靜的春夜裡，山中更顯得空寂。月亮出來時，小鳥竟然被月光驚動，不時發出鳴叫聲，在山澗中迴響。

《讀唐詩》

秋浦歌
李白

白髮三千丈，
緣愁似箇長。
不知明鏡裡，
何處得秋霜？

注釋

秋浦歌：李白在秋浦（今安徽省貴池縣西）時所作的組詩，共十七首，這是第十五首。
三千丈：表示很長。　　**緣**：因為。
箇：這樣。　　**秋霜**：指白髮。

詩意

滿頭的白髮呀有三千丈長,只因為我的愁思無窮無盡也是這樣的長。真不知道在明亮鏡子裡的我,從什麼地方得來的這滿頭的蒼蒼白髮?

登幽州台歌

陳子昂

前不見古人，
後不見來者。
念天地之悠悠，
獨愴然而涕下！

注釋

幽州台：故址在今北京市西南。
悠悠：長久悠遠，形容天長地久。
愴然：悲傷的樣子。
涕：眼淚。

《讀唐詩》

詩意

　　追憶歷史，我無緣拜會那些求賢若渴的聖賢之君；嚮往未來，我不能生逢賢明之主。一想到天地的廣闊無邊、永恆不息，就感嘆人生的短暫與渺小。弔古傷今，我怎能不悲從中來，潸然淚下呢！

竹里館

王　維

獨坐幽篁裡，

彈琴復長嘯。

深林人不知，

明月來相照。

注釋

幽篁：寂靜的竹林。
長嘯：撮唇發出吹氣的響聲。

詩意

　　獨自坐在幽靜的竹林裡，我又是彈琴又是放聲吟嘯。竹林深處清幽寂靜，我這樣的情致一般人領會不到，只有那明月是我的知音，它正在天上將我映照。

《讀唐詩》

獨坐敬亭山
李白

眾鳥高飛盡，
孤雲獨去閑。
相看兩不厭，
只有敬亭山。

注釋

敬亭山：在今安徽省宣城縣北，原名昭亭山，山上舊有敬亭，為南齊著名詩人謝朓吟詠處。
閑：悠閒、安靜。

詩意

　　群鳥高飛，絕盡蹤影，天空中只有一片孤獨的雲朵悠閒的飄浮而去。我獨自坐在山頂，只有這敬亭山還陪伴著我。我注視敬亭山，敬亭山也看著我，彼此久看不厭。

江雪

柳宗元

千山鳥飛絕，
萬徑人蹤滅。
孤舟蓑笠翁，
獨釣寒江雪。

《讀唐詩》

注釋

鳥飛絕：天空中一隻鳥也沒有。
人蹤滅：沒有人的蹤影。
蓑笠：蓑衣和斗笠，均為雨具。

詩意

　　連綿的群山中一隻飛鳥的影子也見不到，所有的道路上，也看不到一個行人。只見一艘孤零零的小船載著一位披蓑戴笠的漁翁，他正頂著漫天的飛雪，在寒冷的江上獨自垂釣。

宿建德江

孟浩然

移舟泊煙渚，
日暮客愁新。
野曠天低樹，
江清月近人。

注釋

建德江：指新安江流經今浙江省建德市的一段江水。
泊：停船靠岸。
煙渚：指江中霧氣籠罩的小沙洲。

《讀唐詩》

詩意

　　我把小船停靠在煙霧迷濛的沙洲，面對著茫茫暮色，舊愁未了，新愁又湧上心頭。原野空曠，遠處的天際好像比樹還低；江水清清，水中的月影空寂而清冷，勾起了我的鄉思和愁情。

楓橋夜泊

張繼

月落烏啼霜滿天，
江楓漁火對愁眠。
姑蘇城外寒山寺，
夜半鐘聲到客船。

注釋

江楓：江邊的楓樹。
姑蘇：今江蘇省蘇州市。
寒山寺：在今蘇州市西郊，因唐初一個叫寒山的詩僧在這裡住過而得名。

詩 意

　　明月西落，秋霜滿天，岸邊傳來幾聲烏鴉的啼鳴，江上漁船的燈火映紅了江邊的楓樹，愁緒攪得我難以入眠。只聽得蘇州城外那聞名海內的寒山寺撞響了夜鐘，鐘聲悠悠，飄到了我的船邊。

江村夜泊

項斯

日落江路黑，
前村人語稀。
幾家深樹裡，
一火夜漁歸。

注釋

江村：江邊的村落。
火：漁船上的燈火。

詩意

太陽落山了,江面和附近的道路一片漆黑,江邊的村落裡,人們也都不再喧鬧。放眼望去,樹林裡隱隱顯露出幾戶人家的房屋輪廓,遠處江面上漂來了一盞漁火,應該是夜裡去江中打魚的漁民歸來了吧!

鹿柴

王維

空山不見人，
但聞人語響。
返景入深林，
復照青苔上。

注釋

鹿柴：地名，「柴」一作「寨」。意為鹿棲息的地方，是王維隱居的輞川別墅的勝景之一。
空：詩中為空寂、幽靜之意。　　但：只。
返景：夕陽返照的光。景，日光。

詩意

　　空曠的山中看不見人，只是能聽見說話的聲音。夕陽返照的光線射入山林深處，又映照在厚厚的青苔上。

《讀唐詩》

絕句

杜甫

遲日江山麗，
春風花草香。
泥融飛燕子，
沙暖睡鴛鴦。

注釋

遲日：因為春日比冬日長，所以春日也叫遲日。遲，長久。
泥融：泥土解凍融化。
鴛鴦：一種鳥，雌雄多成對生活在水邊。

詩意

在初春明媚的陽光裡,江山是多麼壯麗。和暖的春風輕輕的吹著,草綠了,花開了,散發著陣陣清香。泥土解凍了,燕子忙碌的飛來飛去,銜泥造窩;沙子曬暖了,鴛鴦舒適的睡在沙洲上,成雙成對。

詠柳

賀知章

碧玉妝成一樹高，
萬條垂下綠絲條。
不知細葉誰裁出，
二月春風似剪刀。

注釋

碧玉：這裡用來比喻嫩綠的柳葉。
妝：裝飾、打扮。
絲條：絲線編成的帶子。這裡形容隨風飄拂的柳枝。

詩意

　　高高的柳樹，好像是用碧綠色的美玉裝扮而成的。千萬條柔美的柳枝，更像是無數下垂的綠色絲帶，在春風中輕輕的搖曳。這細小勻稱的葉子是誰裁剪出來的呢？原來啊！二月和煦的春風就是那靈巧的剪刀。

清明

杜牧

清明時節雨紛紛，
路上行人欲斷魂。
借問酒家何處有，
牧童遙指杏花村。

注釋

斷魂：淒迷哀傷。
借問：向人詢問。

詩意

清明節這一天,細雨濛濛,下個不停,路上的行人都神色哀傷欲絕。我想到酒店喝杯酒避避雨,便向一個牧童打聽,他朝遠處一指,說杏花村裡有酒。

絕句

杜甫

兩個黃鸝鳴翠柳，
一行白鷺上青天。
窗含西嶺千秋雪，
門泊東吳萬里船。

注釋

白鷺：一種水鳥，又名鷺鷥。
西嶺：指岷山，在成都的西邊。
千秋雪：終年不化的積雪。
泊：停靠。
萬里船：泛指東吳一帶往來成都的船隻。

詩意

　　兩隻黃鸝在翠綠的柳樹枝頭鳴叫著,一行白鷺直直的飛上藍藍的天空。從窗子裡看出去,岷山上的終年積雪白皚皚的一片;門口江邊上停靠著往來東吳與成都兩地的船隻。

逢雪宿芙蓉山主人

劉長卿

日暮蒼山遠，
天寒白屋貧。
柴門聞犬吠，
風雪夜歸人。

注釋

蒼山：蒼茫的山。
白屋：指窮人家的住所，屋頂一般用白茅覆蓋。
犬吠：狗叫。

《讀唐詩》

詩意

　　夜幕降臨，連綿的山巒在蒼茫的夜色中顯得更加迷濛遙遠。天氣寒冷，這所簡陋的茅屋顯得更加清寒。半夜裡從柴門旁傳來一陣狗叫聲把我驚醒，原來是有人冒著風雪回到了家中。

江畔獨步尋花

杜甫

黃四娘家花滿蹊，
千朵萬朵壓枝低。
留連戲蝶時時舞，
自在嬌鶯恰恰啼。

《讀唐詩》

注釋

獨步：一個人散步或走路。　　蹊：小路。
留連：同「流連」，捨不得離去。
嬌：可愛的、嬌媚的。
恰恰：指黃鶯的鳴叫聲。

詩意

　　黃四娘家的鮮花開滿了小路，花兒千朵萬朵，把枝頭都壓得低垂了，引得嬉戲的彩蝶不停的飛舞，時去時來，戀戀不捨；嬌媚的黃鶯也高興的啼鳴起來。

《讀唐詩》

大林寺桃花

白居易

人間四月芳菲盡，
山寺桃花始盛開。
長恨春歸無覓處，
不知轉入此中來。

注釋

人間：指廬山腳下的平地。
芳菲：盛開的花，也可泛指花豔草盛的陽春景色。
山寺：指大林寺，在廬山香爐峰頂。
不知：豈料、想不到。

詩意

農曆四月的時候,廬山腳下的花兒已經全都盛開過並凋謝了,這山寺裡的桃花卻才剛剛開放。以往總是惱恨春天離去後無處可尋,卻不知道它原來跑到這裡來了。

春夜喜雨

杜甫

好雨知時節，
當春乃發生。
隨風潛入夜，
潤物細無聲。
野徑雲俱黑，
江船火獨明。
曉看紅溼處，
花重錦官城。

注釋

乃：就。　發生：催發植物生長。　俱：全都。
潛：暗暗的、悄悄的。　野徑：田野間的小路。
花重：花朵因沾著雨水而顯得飽滿沉重的樣子。
錦官城：成都市的別稱。

詩意

　　這一場雨好像懂得季節的需要，選在春天正當植物萌發生長時落下。在夜間，它隨著春風悄悄的來臨，無聲無息的滋潤著大地萬物。在這雨夜中，野外一片黑茫茫，江中船上的燈火因而顯得格外明亮。等到天亮後，看看這春雨後的錦官城吧！那些盛開的繁花將更加飽滿、蓬勃！

風

李嶠（ㄐㄧㄠ）

解落三秋葉，
能開二月花。
過江千尺浪，
入竹萬竿斜。

《讀唐詩》

注釋

三秋：晚秋，指農曆九月。
二月：農曆二月。

詩 意

　　秋風吹落晚秋的樹葉，春風吹得早春二月的花兒盛開。江風在江面上捲起千尺大浪，狂風把竹林中的萬棵細竹全都颳得歪歪斜斜。

早發白帝城

李白

朝辭白帝彩雲間，

千里江陵一日還。

兩岸猿聲啼不住，

輕舟已過萬重山。

《讀唐詩》

注釋

白帝城：在今重慶市奉節縣。
彩雲間：白帝城地勢較高，遠遠望去仿佛在雲彩中間。
江陵：即今湖北省荊州市江陵區。

詩意

早晨離開了仿佛處於雲彩之間的白帝城，千里之外的江陵只需一天就可以回去。長江兩岸猿的啼叫聲不絕於耳，輕快的小船已穿越萬座高山。

山行

杜牧

遠上寒山石徑斜，
白雲生處有人家。
停車坐愛楓林晚，
霜葉紅於二月花。

《讀唐詩》

注釋

山行：在山裡走。　　寒山：深秋時節的山。
徑：小路。　　　　　坐：因為、由於。
於：比……還。

詩意

　　蜿蜒曲折的石頭小路,斜斜的一直向上延伸到秋意正濃的山巒,那雲霧升騰繚繞的山中,隱隱約約露出幾戶人家。我停車觀賞,是因為特別喜愛深秋傍晚楓林中晚霞與楓葉相互輝映的美麗景色,那經過風霜的楓葉,比早春二月盛開的花朵更紅豔、美麗。

望天門山

李白

天門中斷楚江開，
碧水東流至此回。
兩岸青山相對出，
孤帆一片日邊來。

《讀唐詩》

注釋

天門山：位於安徽省當塗縣西南與和縣的長江兩岸，在江南的叫東梁山，在江北的叫西梁山。兩山隔江對峙，形同門戶，所以稱「天門」。
楚江：即長江。長江中游地帶古屬楚國，所以稱「楚江」。
開：通過。　　回：迴旋。　　出：突出。

詩意

　　天門山被長江從中斷開，分為東梁山和西梁山；碧綠的江水向東流到這兒突然轉了個彎兒，向北流去。兩岸的青山相互對峙而顯得更加突出挺拔，一艘小船從水天交接處悠悠駛來，仿佛來自太陽升起的地方。

《讀唐詩》

望廬山瀑布

李白

日照香爐生紫煙，
遙看瀑布掛前川。
飛流直下三千尺，
疑是銀河落九天。

注釋

廬山：在今江西省九江市南。
香爐：指香爐峰。
九天：古人認為天有九重，最高一重稱為九天。

詩意

在陽光的照耀下,廬山香爐峰上升起紫色的煙霧,遠遠望去,那瀑布就像是掛在山上的大河。水從高山上飛瀉下來,好像是銀河從九重天外落到了人間。

賦得古原草送別

白居易

離離原上草，
一歲一枯榮。
野火燒不盡，
春風吹又生。
遠芳侵古道，
晴翠接荒城。
又送王孫去，
萋萋滿別情。

《讀唐詩》

賦得：本詩是應試習作，按古代科舉考試規定，凡指定的試題，題目前須加「賦得」二字。
離離：繁盛的樣子。　　**原**：原野。　　**榮**：繁盛。
遠芳：連綿一片的野草。
王孫：貴族。這裡指的是自己的朋友。
萋萋：野草茂盛的樣子。

注 釋

　　原野上繁盛的野草，每年都要枯萎、繁盛一次。野火燒不盡它們，等到春風吹拂的時候，它們就又生長起來。連綿一片的芳草蔓延到古老的道路上，晴天的時候，翠綠的草色連接著荒涼的城牆。又一次送朋友遠去，我心中充滿依依不捨的離別之情，就如同蔓延天地間的野草一般。

詩 意

65

黃鶴樓送孟浩然之廣陵

李白

故人西辭黃鶴樓，
煙花三月下揚州。
孤帆遠影碧山盡，
惟見長江天際流。

《讀唐詩》

黃鶴樓：在今湖北省武漢市，傳說有神仙在此乘黃鶴而去，故稱黃鶴樓。
之：去、往。　　**廣陵**：即揚州。
煙花：指豔麗的春景。

注釋

詩意

在春光明媚的陽春三月，老朋友你要告別黃鶴樓，順流東下，前往繁華的揚州。小船揚帆而去，越走越遠，消失在水天相接的地方；眼前只有一江春水，滾滾東流，流向天的盡頭。

《讀唐詩》

送元二使安西
王維

渭城朝雨浥輕塵，
客舍青青柳色新。
勸君更盡一杯酒，
西出陽關無故人。

注釋

渭城：故址在今陝西省咸陽市東北，渭水北岸。
浥：潤溼。
陽關：在今甘肅省敦煌市西南，是內地去西域的必經之地。

詩 意

渭城的早晨,剛剛下過一場小雨,溼潤了大道上的塵土,並使得客舍周圍的楊柳青翠欲滴,顯得十分清新。我在這裡設宴為您送行,勸您再喝乾了這杯酒吧!等您向西出了陽關,可就再也見不到我們這些老朋友了。

芙蓉樓送辛漸

王昌齡

寒雨連江夜入吳，
平明送客楚山孤。
洛陽親友如相問，
一片冰心在玉壺。

注釋

芙蓉樓：在今江蘇省鎮江市。
吳：春秋時長江下游一帶屬吳國，所以稱這一帶為吳。
平明：清晨。
楚山：春秋時長江中下游一帶屬楚國，所以稱楚山。
洛陽：今河南省洛陽市，是詩人的朋友辛漸將要去的地方。
冰心：比喻心的純潔。　玉壺：比喻人的清廉正直。

《讀唐詩》

詩 意

　　夜晚，秋雨濛濛，籠罩著吳地江天；清晨，我在芙蓉樓為你送行，遠遠望去，那一片楚山使人感到十分孤獨。辛漸啊！洛陽的那些親友們如果問起我的境況，你就告訴他們：我這顆心仍像一塊盛在玉壺中純潔的冰那樣晶瑩透亮。

贈汪倫

李白

李白乘舟將欲行，
忽聞岸上踏歌聲。
桃花潭水深千尺，
不及汪倫送我情。

注釋

汪倫：李白在桃花潭結識的一位朋友。
踏歌：古代一種邊歌邊舞的藝術形式。
桃花潭：在今安徽省涇縣西南。
千尺：虛指，意為非常深。

《讀唐詩》

詩意

　　我李白乘著船正要啟程的時候,忽然聽到岸上傳來合著腳步節拍唱歌的聲音。即使桃花潭的水有一千尺深,也比不上汪倫送別我時的情誼深厚啊!

《讀唐詩》

塞下曲
盧綸

月黑雁飛高，
單于夜遁逃。
欲將輕騎逐，
大雪滿弓刀。

注釋

單于：匈奴君主的稱號。詩中指入侵的少數民族首領。
將：帶領。
騎：一人一馬稱為一騎。

詩意

在一個沒有月亮的黑夜，大雁受驚，高高飛起。原來是單于趁著夜色，突圍逃跑了。大將軍正要率領輕裝快速的騎兵追擊，大雪紛飛，不一會兒就落滿了彎弓、大刀。

馬詩

李賀

大漠沙如雪，
燕山月似鉤。
何當金絡腦，
快走踏清秋。

《讀唐詩》

注釋

大漠：原指沙漠，這裡指北方的原野。
燕山：指河北省境內的燕山山脈。
金絡腦：指金飾的馬轡頭。

詩意

　　漠漠的曠野上，沙石像雪一樣晶瑩潔白，燕山之上掛著一彎金鉤似的新月。駿馬啊！什麼時候才能套上鑲金的轡頭，在這秋高氣爽的遼闊原野上任意馳騁個夠！

秋思

張籍

洛陽城裡見秋風，
欲作家書意萬重。
復恐匆匆說不盡，
行人臨發又開封。

注釋

復：又。
行人：這裡指為詩人捎信的人。

詩 意

　　一年一度的秋風又吹到了洛陽城中，催我寫一封家書，將萬重心意與親人溝通。捎信人即將出發時，我又拆開已緘上的信封，趕快再添上幾句話語，因為心事實在是說不盡啊！

九月九日憶山東兄弟

王維

獨在異鄉為異客，

每逢佳節倍思親。

遙知兄弟登高處，

遍插茱萸少一人。

《讀唐詩》

注釋

山東：指華山以東地區，這裡特指王維的家鄉。
佳節：指九月九日重陽節。
登高：古代風俗，傳說重陽節登高可以祛災。
茱萸：一種芳香植物，傳說重陽節插戴茱萸可以避邪。

詩意

　　我獨自一人漂泊在異鄉做異鄉客,每當佳節之時,就會加倍的思念親人。今天正好是重陽節,家中的兄弟們都該去爬山了,到了山頂,他們的手臂上都會繫著用來避邪的茱萸,還會想念、議論少了我這個人。

雜詩（其二）

王維

君自故鄉來，
應知故鄉事。
來日綺窗前，
寒梅著花未？

注釋

來日：自故鄉來的那一天。
綺窗：雕鏤著花紋的窗戶。
著花：開花。
未：疑問詞。

詩意

您是從家鄉那裡來的,一定知道家鄉的事吧!您來的那一天,我家窗前的梅花開了沒有啊?

回鄉偶書

賀知章

少小離家老大回，
鄉音無改鬢毛衰。
兒童相見不相識，
笑問客從何處來。

注釋

無改：沒什麼變化。
鬢毛衰：兩鬢頭髮已經斑白稀疏。衰，白色。

《讀唐詩》

詩 意

　　年輕的時候離開故鄉，等人老了才得以歸來，口音雖然未曾改變，兩鬢的頭髮已經斑白疏落，容顏衰老。村裡的孩童看見我卻不認識，反而笑著問我這客人是從什麼地方來的，令我感到十分惆悵。

渡漢江

李頻

嶺外音書絕，

經冬復歷春。

近鄉情更怯，

不敢問來人。

注釋

漢江：漢水中游一段，在今湖北省襄陽市附近。
嶺外：指五嶺以南，即今廣東一帶，指作者被貶之所。
音書：音信。
絕：斷絕。
經、歷：都是經過的意思。
復：又。　　怯：害怕。

《讀唐詩》

詩意

　　我被貶官到了偏遠的嶺南地區，過了一個冬天，又過了一個春天，長時間沒有家人的音信，心裡非常掛念。現在總算有機會回故鄉了。過了漢江，離家越來越近，我的心裡反而不安起來：這麼久沒有家人的音信，真害怕有什麼不好的消息，以至於不敢向從故鄉過來的人打聽家裡的情況了。

《讀唐詩》

遊ㄧㄡˊ子ㄗˇ吟ㄧㄣˊ
孟 郊

慈ㄘˊ母ㄇㄨˇ手ㄕㄡˇ中ㄓㄨㄥ線ㄒㄧㄢˋ，
遊ㄧㄡˊ子ㄗˇ身ㄕㄣ上ㄕㄤˋ衣ㄧ。
臨ㄌㄧㄣˊ行ㄒㄧㄥˊ密ㄇㄧˋ密ㄇㄧˋ縫ㄈㄥˊ，
意ㄧˋ恐ㄎㄨㄥˇ遲ㄔˊ遲ㄔˊ歸ㄍㄨㄟ。
誰ㄕㄟˊ言ㄧㄢˊ寸ㄘㄨㄣˋ草ㄘㄠˇ心ㄒㄧㄣ，
報ㄅㄠˋ得ㄉㄜˊ三ㄙㄢ春ㄔㄨㄣ暉ㄏㄨㄟ。

88

遊子吟：即遊子歌。遊子，離開父母、遠在他鄉的人。
意恐：擔心。　　**寸草心**：小草抽出的嫩芽，比喻遊子的心。
報：報答。
三春暉：春天的陽光，比喻溫暖的母愛。

注 釋

　　慈愛的母親手中拿著針線，在為要出遠門的兒子趕著縫製衣裳。母親一針一線縫得密密實實，生怕兒子離家太久，衣裳破了沒人縫補，以致耽誤了回家的行程。小草該如何報答春陽帶給它的溫暖和恩情？而母親施與的恩情，兒子是永遠也報答不盡的啊！

詩 意

池上

白居易

小娃撐小艇，
偷採白蓮回。
不解藏蹤跡，
浮萍一道開。

注釋

解：知道。
浮萍：一種浮在水面的一年生草本植物。

《讀唐詩》

詩 意

一個小孩撐著小船，偷偷的採了白蓮回來。他不知道要掩藏蹤跡，水面的水草都被他的小船推向兩邊，中間留下了一道小船划過的痕跡。

《讀唐詩》

小兒垂釣

胡令能

蓬頭稚子學垂綸，
側坐莓苔草映身。
路人借問遙招手，
怕得魚驚不應人。

注釋

蓬頭：形容頭髮很亂。　　稚子：幼小的孩子。
垂綸：指釣魚。綸，釣魚竿上的絲線。
莓苔：泛指河邊的草叢。　　映：遮蔽。
怕得：害怕。得，助詞，無實義。

詩 意

　　一個頭髮蓬亂的小孩子正在釣魚，側身坐在河邊的草地上，綠草遮蔽著他的身影。當過路人過來問路時，小孩子老遠就朝他擺手，因害怕魚兒被嚇跑，所以不敢應答。

五歲詠花

陳知玄

花開滿樹紅,

花落萬枝空。

唯餘一朵在,

明日定隨風。

《讀唐詩》

注釋

唯:只。
餘:剩下。

詩意

　　鮮花開放時，滿樹紅彤彤的；花兒凋謝時，樹枝上空空的。只剩下的那一朵在樹上的花，明天也一定會隨風飄走的。

勸學

顏真卿

三更燈火五更雞，
正是男兒讀書時。
黑髮不知勤學早，
白首方悔讀書遲。

注釋

五更雞：天快亮時啼叫報曉的雞。
黑髮：指少年。
白首：指老人。

詩意

　　每天三更半夜到拂曉雞啼時分,是男兒讀書最好的時間。年少時不知道珍惜時光勤奮學習,到年老時一定會後悔太晚才開始讀書。

讀唐詩 / 風車編輯製作. -- 初版. -- 台北縣
汐止市：風車圖書，2010.06
面； 公分. --（國學小書）
ISBN 978-986-223-106-7（平裝）
831.4　　　　　　　　　99004173

國學小書坊

讀唐詩

社長	許丁龍	編輯	風車編輯製作	出版	風車圖書出版有限公司
代理	三暉圖書發行有限公司	地址	221 新北市汐止區福德一路392巷23號之1
電話	02-2695-9502	傳真	02-2695-9510	統編	89595047	網址	www.windmill.com.tw
劃撥帳號	14957898	戶名	三暉圖書發行有限公司	出版	2013年05月再版6刷

◎ 本書繁體字版由青島出版社授權出版，非經書面同意，不得以任何形式複製、轉載